登坂正平　詩と童話の世界

ねえ、お母さん

登坂 正平

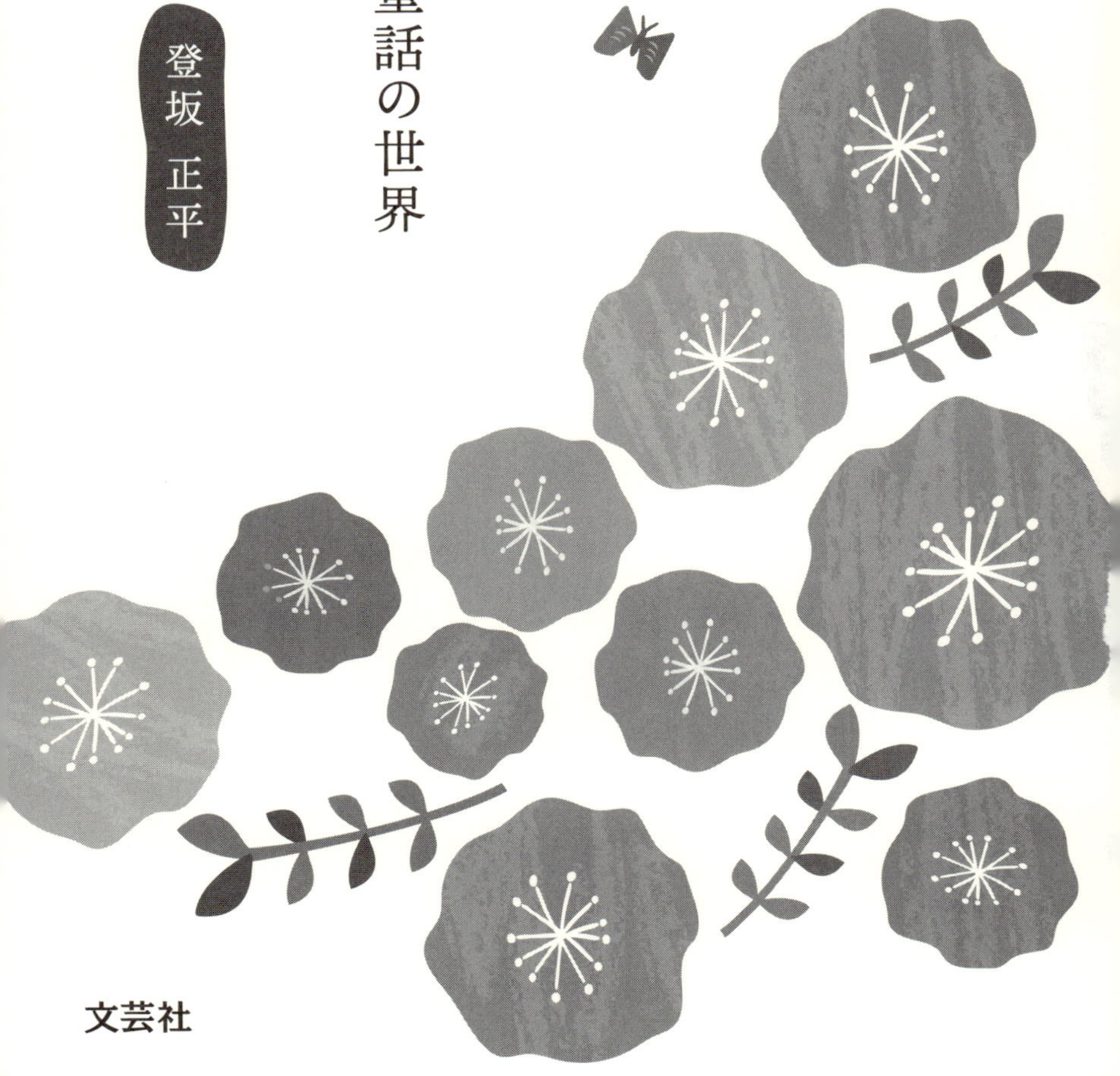

文芸社

まえがき

私の詩は、詩になっているでしょうか。
詩かな？　そうかな？
こんなん詩かな……。
でも、私は詩を書いたのでしょうか。
いいえ、違います。
私は、母を書いたのです。
友達を書いたのです。過ぎ去った恋人を、未来を思う妻を子を。
母を想い、涙が頰を濡らしたとき、ペンを走らせました。
友達の結婚式に、子どもの誕生日に胸がいっぱいになってペンを走らせました。
その時、詩を思ったでしょうか。
いいえ、母へ、友達へ、みんなへの私の贈る言葉でした。
詩でなく、言葉だったんです。

私は、詩を書いたのでしょうか……。

もくじ

ねえ、お母さん

結婚式の華やかな祝福の中で、
私は、誰よりもよく、ある人を見つめています。
それは、お母さんです。
新郎の、新婦のお母さんの、かいがいしく立ち回っている、その姿の、
臆病なくらいにぎこちないしぐさが、母の娘に、息子に掛ける愛情となって
私の胸を熱くさせるのです。
お母さん、あなたの涙は、私には幾千の言葉をもってしても
言い尽くせない、深い、温かい涙です。
お母さんて、いいですね。
そんなお母さんを、たくさん、たくさん、詩に書いてみました。

嫁ぐ日に
娘の身をば思いして
寄りて、語りて、言い聞かす

母の想いのしみじみと
その娘《こ》よ
その母のごとき母になれ

私がこの世に生を受けてより最も身近にありし、父と母
その両親を今、最も愛し尊敬できる自分である事に感謝する

母の手の、節くれだった指よ
後ろ姿のわびしさよ
わがために、幾度涙したことか
わが命、健きたれと差し伸べし手の、醜くひび割れし手
こよなく美しきかな
母、母よ、母よ
幸くあれ
尊き、その命は永遠《とわ》なり
母は、わが命なり
母は老いたり

されど、永遠なり
永遠なり

我が成長せしを、こよなく喜ぶ母
それを見て、母の年老いしを悲しむ我れかな

母想うたびに母恋し
母想うたびに母老いん
我れ、母想う以上に母、我れを思い
我れ、母に涙する以上に母、我れを想い涙する
悲しき涙かな、悲しき涙かな
細き目はやつれたり
我れを見るなかれ
その姿、あわれなり、あわれなり

母が笑う
それを想い、今、涙する

母がせわしなく動く
それを想い、今、涙する
母が寂しそうに、囲炉裏で手を伸ばしている
それを想い、今、涙する
母が、母が、母が
そのみんなが、母がいない今
はっきりと目の前に浮かび、涙が止まらない

愛の言葉の
愛の言葉の
その言葉の
その言葉の
なんと魅力的なことか
なんと魅惑的なことか
大いなる母は、それを包み
大いなる父はそれを愛す
神よ、我れをその中に浸せたまえ

母は、愛のふところなり
そのぬくもりは、雲に似
笑顔は陽に似
言葉は優しき、歌の調べなり
……
小さな、小さな母が
しかし、その中に大きな、大きなふところがある

私が最初に愛したものは……
……母……
今、愛しているものは……
恋人……そして、妻になる
母になりて、子を愛す
その子が、母になりて言う
私が、最初に愛したものは…
……母……と

山奥の
山奥の
ふるさとの、山の中に帰ると
草も木も、山も川も、みんな
みんな母の匂いがする
ああ、ここは母の胎内か

今、一つ、命があったなら
今、一つ、命があったなら
私は迷わずに母にあげるだろう
それが一番の宝だから
それがたった一つの親孝行だから

泣けど、泣けど
絶えることなし、この涙
母を想いて泣く涙は、一生枯れまい

サンタクロースを信じた夜に
サンタクロースがおみやげを
そっと枕辺に置いてった
夢の中で置いてった
朝の枕辺おみやげが
おみかん三つでうれしかり
……
今想う
あれは母のぬくもりか

長い長い人生の中で、幾度母の泣くのを見たであろうか
その涙は、多くは悲しみの涙なり
母は、ただうつむきて、見上げて、じっと私を見て
そのたびの涙が私を成長させた
しかし、母が笑った顔は、果たして何度あったろうか
私が結婚した時、子どもが生まれた時、私が出世した時

でも……
やっぱり母は泣いていた

東京への旅立ちの日
いそいそと、せわしなく動く母
あれも、これもと手渡す荷物
「こんなのいらないのに」と思っても
それをバッグに入れてしまう自分
「気をつけるんだよ、気をつけるんだよ」
と、何度も何度も繰り返す母
「うん、わかったよ、わかったよ」という私
汽車の時間を気にする母
窓の外からいつまでも声をかけている母
私には知る由もなかった
家に帰って、ひっそりとした部屋で
泣いている母を

私が帰ると
「どうだった？」
と、聞く母
私が寂しい顔をすると
「どうしたの？」
と、聞く母
私が楽しそうにしていると
「どうしたの？」
と、聞く母
それが、それが、うれしくて、母に話す私だった
でも、今はそれが……無い

今、帰る
母のもとへ
ぬくもりの中へ
抱《いだ》かれたし
ただ、黙って抱いてください

父の厳しい言葉を
私と一緒に聞いてください、お母さん
父は、父であることを、しっかりと私に
自覚させました
でも、母は、母は母であることをその胸の中で、私が知ったのです

私の大好きなものは「カレーライス！」
というと、その日は決まってカレーライスだった
でも、でも、母さんのカレーライスは、野菜ばかりなのです
お肉は缶詰、野菜がどっさり
でも、でも、それが一番おいしいのです
だから私は「今日はカレーライス！」というのです
でも、家を離れた今、そのカレーライスは、どこにもありません

母が形見に残せしものは
櫛にかんざし、針と糸
祭りに踊った浴衣着と

よそいきだよと羽織った衣
けれども本当に残したものは
私の中の温かき心

私の夢は、お父さん
大きく大きくなることよ
私の夢は、お母さん
元気に元気に跳ぶことよ
父さん、母さん、見ていてね
父さん、母さん、見ていてね

私の今日は、お父さん
楽しい楽しいことでした
私の今日は、お母さん
悲しい悲しいことでした
父さん、母さん、聞いてよね
父さん、母さん、聞いてよね

私のすること、お父さん
正しい正しいことですか
私のすること、お母さん
悪い悪いことですか
父さん、母さん、教えてよ
父さん、母さん、教えてよ

私が大人になったとき
私の子どもに話しましょう
私の、私の父さんを
私の、私の母さんを

パパが、私に話してくれた
子どもの頃に遊んだことを
縄跳び、カンけり、かくれんぼ
遊び疲れて、陽が暮れて

山のカラスが、帰るころ
お手手を振り振り、さようなら

ママが、私に話してくれた
子どもの頃に遊んだことを
おはじき、綾取り、鬼ごっこ
遊び疲れて、陽が暮れて
空が真っ赤に染まるころ
靴を鳴らして、さようなら

パパとママが言っていた
子どもの頃のお勉強
ちびた鉛筆、ミカン箱
勉強疲れて、夜が更けて
山のフクロウが鳴く頃に
母さんのお歌でお休みよ

おばあちゃん
でも、お母さんなんですよ
おばあちゃん
でもお母さんなんですよ
髪が白くなって、しわが増えて
腰も曲がってしまったけれど、
お母さんなんですよ
でも、私に子どもができた時
「おばあちゃん」と呼ばざるを
得なくなった今です

智美さん
もうすぐお母さんになるんですね
「お母さん」
呼ばれた時はどんなかな
今までずうっと、そう、こんな
ちっちゃな子どもの頃から一番近くにいて

母のことなら何でも知っていた、その母に今
なるんですよ
ずっと、子どもの頃から、母の腕の中で
母のぬくもりを知り、母の優しさを知り
母の強さを知った、あなたが、そんなに
母の何でも知っているあなたが
あなたが今、その母になるんですよ
なんて一つもわからなくて、不安な言葉でしょうね
でも、私は思うんです
母になる時、たった一つだけ持っていればそれで十分だと
愛、それは愛なんです
あなたが知った胸のぬくもりも
優しさも、強さも、みんな愛、愛だったんです
どれも、どれも、あなたを慈しみ、見守り、育ててくれた
限りなく深い、優しい、温かい愛だったんです
かわいい赤ちゃんに精いっぱいの愛を
若い、本当に若い、お母さん

美帆ちゃん
「一歳、おめでとう」
と、微笑みかけても、あなたは素知らぬ顔でしょうか
貴方が、両親の愛に育まれて、四季の香りをかいで
一年経ったその意味さえも、今のあなたは知ることだってないでしょう
何も知らずにすくすくと、元気よく毎日を明るく育っていってください
そして、その傍らで、パパがママが、はらはらしたり
ドキドキしたり、喜んだり悲しんだり、大変なんです
一歳の誕生日は、きっとそんな両親の大きな喜びです
そんな今のあなたには、私の存在意義など知る由もないでしょう
でも、大きくなってお話ができるようになったら
私も仲間に入れてくださいね
その時、私はどんな伯父さんになれるでしょうか
楽しい話し相手になれる日を心待ちにしています
パパとママ、明るい元気な子に育ててください

美帆ちゃんのお誕生日に

神よ
愛することを許したもうなら
愛することの、残酷な仕打ちを
耐えよというのか
愛よ、愛よ、愛よ
わが胸の、嗚咽《おえつ》の声を知りたもうや

幸福が、今やってくる
貴方という天使が、幸福を片手に駆けてくる
私は今幸福になる
このために、幾度恋をしたことだろう
そして泣いたことか
今、それが、木の葉のように舞い上がる
さあ、素晴らしい陽の中へ
私は今、幸福になる

愛の、愛の夢よ
結婚、結婚の喜びよ
ああ、その添わざるものの
無情の悲しみよ！

恋して、恋して、恋して破れて
山に行って、流した涙は雨になり
川に流れて海まで行って
やっぱり涙はしょっぱいの
それを甘い想いにかけて
昔の恋を忘れましょうか

あなたと別れた夜
コーヒーにちょっぴり砂糖を少なめにしました
そしたら、ちょっぴり大人になれたよう
あなたのことを忘れられそうです

私の夢は
私の夢は
いつかきれいな人を愛して
その人と添うて子をもうけ
雪の田舎の裏山で
雪に埋もれて年を越し
初日の出を拝むこと
そして、初日に輝く田舎の村を
「これが私の田舎だよ」と
妻と子どもに話すこと
ちっちゃなちっちゃな山懐《ふところ》の
ちっちゃなちっちゃな裏山に
ちっちゃなちっちゃなテント張り
大きな大きな幸せに満ちた
ちっちゃなちっちゃな家庭から
大きな大きな初日を待つの

今が過ぎる
過去が残る
未来が待つ
今が過ぎる
今だ
何か、何かやらなくては
過去が残る
その過去の無味な日々の償いのためにも
未来の無数の可能性を、今追いかけるんだ
何をして、何をして
青春
その肉体の激しさよ、短さよ
青春
その精神の永遠なるものよ
我れに友を与えたまえ
その永遠の青春の印に

二月十四日は……
バレンタインデー……でしたっけ
バレンタインデー……でしたね
バレンタインデー……そうです
バレンタインデー……なんです
バレンタインデー……です
バレンタインデー……なんですよ
（二月十四日を一所懸命待っている男より）

友情
それに勝るものはなし
しかして、偶然が偽りの
友情を生むとしたら
その友情は、私をして
この他になく束縛せしめるであろう
この、最も恐ろしき事よ

一つの輪の中に

今、愛が生まれ
今、愛が育まれ
今、結婚がある
今、共存があり
今、出生があり
今、家族を成す
そうして今、大きく
なっている輪の中に

今、ここに、一つの別れがある

嫁ぎ行く姪に……

春が来て
幸せの花　一つ咲き

寿　満ちて
彼《か》に匂うらん

正平　叔父

おめでとう
お幸せに

この道を
君と共に歩まん
この素晴らしき
青春のために

鳩時計よ止まれ
おまえが鳴くと
別れの時を思い出す
悲しい時を思い出す

わが心、詩にもて言わん彼《か》の人の
心冷たさ、いかにと思えば

あれもせむ
これもせむと思いつつ
今日も一日無駄に過ごせむ

秋が来た……
緑の葉が、風もないのに散ったから？
野菊の花が、野道に黄色い花を見せたから？
秋風に匂いなんてないのに
ぽつんとしている私の肩を
スーッと撫ぜて風が通ったから？
秋風
暦の歴《れき》を忘れて
傷ついた

あなたの心を慰める術《すべ》を私は知らない
私にできることは
ただ、じっと見つめて涙を流すことだけ

一人ぼっち……？
いいえ、独りぽっち
寂しいから

会いたい……？
いいえ、逢いたい
切ないほどだから

思い出……？
いいえ、想い出
夢で置きたいから

淋しい……？

いいえ、寂しい
胸の内だから
……
貴方がいない今

金井さん
彼女のおひざはいかがです
彼女のお膝で見る夢は
春のお山の草枕
夏のお山の花枕
秋のお山の枯れ葉の枕
冬のお山の雪枕
そんな夢見る夢枕
夢見心地のその中で
彼女の指が耳掃除
むずかゆいやらくすぐったい
笑いながらに「どうしたの」

彼女が顔を近づけりゃ
髪がお鼻をくすぐって
それを見ていたリンゴたち
思わず顔を赤らめた
リンゴ畑の昼下がり

何をして
何をして
何をして
この青春を埋めようか
十七歳の、胸いっぱいに埋めるのは
空にも負けない、山にも負けない
若さだけ
その中に、僕も忘れず入れとくれ

いつの日か
何の気なしに撮りし絵を

引き伸ばしてぞ飾りし写真
独り身の、哀れを誰れに語らまし
肩をすぼめて帰る夕暮れ
（「老が身のあはれをたれに語らまし杖を忘れて帰る夕ぐれ」　良寛の本歌取り）

我れに残すものなし
この一編の詩か

あなたの便りがうれしくて
あなたの文字がうれしくて
あなたの言葉がうれしくて
いつも待ってる私です
白い封筒、便せんは
楽しい私の夢枕
私は返事をああ書こう

私の心が届くのが
あと一日か、今日だろか
そんな楽しさくれました

パラパラと打つ雨の音
ま暗き闇に目を凝らし
い寝られず聞く雨音に
さみしき心を、又まさぐれり

山々に、山ほど登ってみたけれど
止むに止まれぬ山への病《やまい》

山見れば、山恋し
山ゆかば、人恋し
ああ、幾山河
我　独　在　山

祈り

山は吹雪いておりました。

風が雪を巻き上げて、谷間を、山腹を撫でつけてゆきます。

まわりはすべて真っ白い世界でした。

冬の山の幾重にも連なったその中に、赤い小さなテントが一つ、吹雪に今にも飛ばされそうに立っておりました。

小さな窓から明かりが洩れています。

テントの中には、四人の若者がかすかに揺らぐランプを囲んで、テントの四隅を背に一心にお祈りをしている姿がありました。

その四人の若者はと申しますと、それぞれに国が違いました。言葉が違い、皮膚の色が違い、そして、祈る対象も違っておりました。

一人の若者は胸に十字架を下げておりました。一人の若者は太陽の神への祈りをささげておりました。一人の若者は木彫りの像を抱いておりました。

そして、もう一人の若者は、お念仏を唱えていたのでございます。

四人の若者は共に山を愛しておりました。自然を愛し、自然の中で知り合い、自然の偉大さに敬服し、いかなる山も四人で力を合わせて登頂してきました。

しかし、時として自然の摂理は人間の思惑では、どうすることもできないことがあるものでございます。

もう、この吹雪は何日続いているのでしょうか。彼らには、もう残された時間はあといくらもありませんでした。

食料も絶え、暖を取る明かりさえも、もうこのランプだけになっていたのです。

彼らにできることは、今はただ祈ることだけでした。外は相変わらず吹雪き、鉛色の雲が空いっぱいに覆いかぶさるように低く垂れこめていました。

でも、その低く垂れ込めた一面の雲の中のただ一ヶ所だけが、小さく円《まる》く切れておりました。そこはテントのある所から真っすぐと上に伸びた先にありました。

そして、その上の彼方には、仏の国があったのでございます。

ここは仏の国でございます。

仏の国では天人《てんにん》さまたちが、この円《まる》い穴を囲むようにして座り、じっとこの様子を見つめておりました。と、一人の天人さまが口を開きました。

「この若者たちはみんな自然を愛しております。清らかな心と、友情と勇気を持っております。しかし、その中の一人、あの若者だけが仏の国に救いを求めています。私たちは、あの若者を助けなければいけないでしょう」

すると、もう一人の天人さまも、

「この四人の若者は互いに思いやり、協力する心を持っています。その中でも、あの若者はこの吹雪の中で私たち仏の国に救いを求めています、ぜひ、この若者を救う手立てを考えましょう」

他の天人さまたちも、みんなお念仏を唱えている若者を救いましょうと呼びかけました。

天人さまたちがそのような話をしているところに、ちょうど午後の散歩の途中の、お釈迦さまがお通りになりました。

「みなさん、何を話し合っておいでなんですか」

そう言うと、お釈迦さまは天人さまたちの輪の中に入ってこられました。

見ますと、天人さまたちの輪の中の小さな穴から下界の赤いテントが見えます。

お釈迦さまは、じっと目を凝らしてテントの中の様子をご覧になりました。

すると、天人さまの一人が、

「あの四人の若者は、いずれ劣らぬ若者でございますが、中でもとくに仏の国に救いを求めております若者がおりまして、私たちの力でこれを救ってやりたいと話しておりました」

お釈迦さまは、これをお聞きになるととても悲しいお顔をなされました。

「天人よ、あの若者たちは四人とも優れた心を持っている若者であろう。ならば、なぜ四人とも救ってあげないのですか」

「ですが、私たちに救いを求めているのは一人でございます」

「私たちに救いを求めていなくとも、誰かに救いを求めているのであれば、それを誰が救ってあげても、何の変わりはないことでありましょう」

そうおっしゃると、お釈迦さまは右手の人差し指を下界にお向けになり、静かにお念仏を唱えになりました。

すると、その指先に操られるように、一陣の雲が下界に舞い降り、四人の若者のテントを包んだかと思うとふわりと舞い上がり、ふもとの村まで運んだのでございます。

翌朝、村人たちがテントの中を見ますと、四人の若者はテントの中で気を失っておりました。村人たちの手厚い介抱で、元気を取り戻した若者たちは、村人にお礼を言うと、それぞれの国に帰っていきました。

そして、若者たちはそれぞれの教会に、寺院に、感謝のお祈りに行ったのでございます。それを見ると、お釈迦さまはにっこりと微笑んで、衣をひるがえして天上のお住まいにお帰りになったのでございます。


仏の国は一面、すみれの花がもう満開でございました。

おわり

村の鎮守《ちんじゅ》の杜《もり》

ふもとの町から山を二つ三つ越えた山ふところに、小さな村がありました。

そこに住む人たちは、段々畑や千枚田の小さな土地を耕して一生懸命生活しています。

村のはずれには、古いかやぶきの屋根の小さな本堂があり、鎮守《ちんじゅ》さまが祀られてありました。

その前は、少し広い広場になっていて、子どもたちの日頃の遊び場になっていました。

村の行事、お盆やお彼岸には扉が開かれ、垂れ幕が飾られて毎年にぎやかな催しが繰り広げられました。

そんな鎮守を囲むように、大きな杉や柏の木が、枝から葉をいっぱいに広げて立っていて、夏はセミしぐれが絶え間なく響き、四季を問わず、色々な鳥が遊びます。


ある年の、まだ春の雪が村を覆っていたお彼岸のことでした。

誰もいない静かなお堂から、白い煙が上がったと思うと見る見るうちにお堂を包みました。

駆け付けた村人たちの必死の消火もむなしく、あっという間にかやぶき屋根の小さなお堂は焼け落ちてしまいました。

幸いだったことは、まわりの木々がまだ葉をつけず燃え移らなかったことでした。

翌日、村の公民館に村人が集まり、新しいお堂をどうしようかと話し合っていました。

「村にはお堂を建てるほどのお金はないし」

「でも、あのままではどうにもなるまい」

「鎮守さまは、村人の心のよりどころだで」

「そうだ！　いっそ、あのまわりを囲んでいる木を切って作ったらいいだ」

「馬鹿なこというでねえ。思い出しても見ろ、夏の熱い中、盆飾りに汗を流して木の影で涼みながら休んだことを、子どもの頃に鬼ごっこやかくれんぼ、虫捕りをしたでねえか」

「鳥やけものや虫たちが一年中住み着いている、いわば村の御神木だで」

「それじゃ、お堂はどうするだ？」

「…………」

みんなは下を向いて口を閉ざしました。

すると、村人たちの一番後ろから、

「おれ、自分ちの山の木を一本寄付してもいいけど」と、ぽつりという人がいました。

みんながふりかえってみると、村でも一番の小作の吾平《ごへい》でした。

「おら、子どもの頃から、なにかあるとあの鎮守さまに行っただ、お参りして木の根っこに腰下ろしていると、鳥の鳴き声がして、くわがたや、とかげなんかがいて、おらには一番の場所だったんじゃ」

「そうや、わしもそうや。そんな鎮守さまの木を切るわけにはいかね。おらも山の木を伐ってくるだ」

「わしも」、「おらも」と、誰もがその日の暮らしで精一杯の村人たちがそれぞれの山の木を一本ずつ伐ってきました。

しばらくして、前にも増してすばらしい鎮守のお堂が完成しました。

そして鎮守の杜にはいつもとかわらぬ鳥の声が響いていました。

そして、それは、その村から山二つ三つ越えたふもとの村のことでした。

なだらかな丘陵地を生かして、いく段にも連なる大きな田んぼが村の高台から見渡せる豊かな村でした。

その高台に村を見守るように大きな鎮守の杜がその村にもありました。

春の田植えの盛りはどの村人も猫の手も借りたいほどの忙しさでした。

子どもたちは、子守をしたりしながら鎮守の杜で日の暮れるまで遊んでいます。

そんなある日、お堂の後から火の手が上がりました。火事です！

子どもたちは、一目散にふもとの村人に知らせに行きました。

「なに！　お堂が火事、この忙しいときに」

村人たちは、仕事の手を休めて、とにかく鎮守の杜に向かいました。

村人たちが着いたときには、お堂はもう大半を焼き尽くされていました。

広い境内は、幸いにも、まわりの木々に燃え広がることはありませんでした。

それから何日かして、村の公民館に村人たちが集まって、お堂の再建を話し合いました。

「この忙しいときに、再建といってもねえ」

「これから秋に向かって我々百姓も、村も何かと物入りだで」

「なかなか、お堂のお金まではねえ」

「そうだ！　境内の杉や柏の木、あれを切って作りましょう」

「そうだ、あれを切れば、境内も広くなるし、一石二鳥ではないか」

「なるほど、そうだ」「そうだ」

みんな、村のお金も自分たちのお金も一銭も使わずにお堂が建つことに大賛成でした。

そして、しばらくして、大きな立派なお堂が完成しました。

でも、それからは、鎮守の杜で、子守をしながら楽しそうに遊ぶ子どもたちの姿はなかったということです。

おわり

一休さんと庄屋さま

ある暖かい秋の日。

一休さんたちが、お寺の境内を掃除していますと、庄屋さまが何やらにこにこと、小さな包みを二つ下げてやってまいりました。

「一休さん、とても良いお日和ですねえ」

「これは、これは、庄屋さま、いらっしゃい、今日はまた何のご用で」

「いや、いや、ご用という程のものではございませんが、日頃博学な一休さんに見ていただきたいものがございまして」

「何でございましょう」

「実は、ここにお持ちした仏像なんでございますが、一方は、かの有名な仏師、運慶作の仏像でございます。もう一つは、私がこれに似せて町の彫刻師に作らせたものでございますが、一休さんは、どちらが本物で、どちらが偽物かお分りになりますか」

「ほう、見事な仏像でございますね。庄屋さまは、分かっておいでですか」

「はい、それはもう、はっきりと」

とは言いながら、二つはほとんど見分けができない程に、そっくりでございました。

ただ、偽物のほうに、わからないほどの印を付けておいたのでございます。

庄屋さまは、さすがの一休さんでも、この仏像の違いはわかるまいと、ほくそ笑んでいました。一休さんは、ほほ笑みながら、

「そうですか、それではともかく、ここではゆっくり拝見もできませんので、お堂の中にお入りください」

一休さんに招かれて、庄屋さまは二つの仏像を大事そうに抱えて、小僧さんたちと一緒にお堂の中に入りました。

お堂の正面には、立派な祭壇が祀られてあり、その一段高い奥に金箔に施された大きなお釈迦さまが安置されていました。

しばらくすると、一休さんが小さな座布団を二枚持って入ってきました。

そして、祭壇の前で一礼すると、一枚の座布団をその前にそっと置きました。

そして、もう一枚を持つとスッと立ち上がり、少し離れた右横に同じようにそっと並べました。そして、

「どうぞ庄屋さま、その二つの仏像をこの二枚の座布団の上にお並べください。ゆっくり拝見いたしましょう」

庄屋さまは、ハッ！としました。

そして、あっけに取られたように口を開けておりましたが、あわてて言いました。

「いゃあ！　一休さん、まいりました。いくら何でも、偽物をお釈迦さまの前に置くわけにはまいりません。たしかに、こちらが本物でございます」

と言うと、本物の仏像を祭壇の前にそっと置き、もう一つを右横の座布団の上にそっと並べました。一休さんは、その二つの仏像を前にしばらく正座していましたが、静かに立ち上がると右横に置かれた仏像の前に行き、お経を唱え始めました。

これには、庄屋さまも小僧さんたちもびっくりいたしました。

「一休さん、本物はこちらでございますよ」

思わず、庄屋さまが身を乗り出して祭壇の前の仏像を指差しました。

一休さんは、一心にお経を唱えておりました。お経を唱え終わると、くるりと向きを変えて言いました。

「庄屋さまが、ありがたい仏像を持ってきてくださいました。一つは、祭壇の前でお釈迦さまが、しっかりと見守ってくれております。それで、もう一つの仏像は私が拝んでさしあげたところでございます。二つの仏像とも、よい供養ができましたことでございましょう。どなたが彫りましても、私たちにとってその仏像の尊さは同じでございますよ」

庄屋さまは、二つの仏像を大事に抱えて帰ったということでございます。

おわり

ぞうさんの長靴

広い広い野原に、虹がかかっています。

昨日まで、草や木を濡らして降り続いた雨がようやく止みました。砂ぼこりの舞っていた野原も、しっとりと濡れて、所々に小さな池を作っていました。

その野原の真ん中に、誰が忘れていったのでしょうか、大きな長靴が片方、チョコンと置いてありました。

大きな、大きな長靴です。

森の仲間たちが、雨あがりの野原に集まってきました。

いたずらねずみが、チョコチョコと餌を探しにやってきて、この大きな靴を見つけました。

こんな大きな靴、見たことがありません。

こりすが、クルミを抱えながらやってきました。

「なんだろう、この大きなものは？」

鹿がやってきて、立派な角で突いてみました。

「ブヨブヨするよ」

「なんだ、なんだ」と、森のみんなが集まります。長靴のまわりは、森の仲間でいっぱいになりました。

りっぱなひげをたくわえた、老ライオンが近寄って、

「これは、ぞうくんの長靴だよ、雨の中で遊んでいるうちに忘れていったんだね」

と言いました。

オウムが、長靴のへりにチョコンと止まって、

「あっ、水がいっぱい入っているよ、昨日の雨でたまったんだ」

と言いながら、おいしそうに水を飲みました。

「あっ、ほんとうだ！」

キリンが長い首を伸ばして言いました。

おさるさんは、さっそくハシゴを作ってよじ登り、靴の中に「ドボーン！」と飛び込みました。靴の中で水浴びです。

小鳥たちは、靴のへりに止まっておいしそうに水を飲みます。いたずらさるくんは、キリンの背中に登ったかと思うと、水を飲んでいるキリンの首から、スーッ、と滑って靴の中に飛び込みました。

「バシャーン！」と水しぶきがあがります。

キリンさんの滑り台です。

「ぼくも、ぼくも！」と、うさぎやりすが続きます。

みんなが楽しく遊んでいると、遠くのほうから、「ドスン、ドスン！」と、大きな地響きが聞こえてきました。

ぞうくんが、長靴を探しにきたのです。

「あっ、こんな所にあったのか」

ぞうくんが来たので、楽しそうに遊んでいたみんなは、いそいで靴から離れました。

そして、水のいっぱい入った長靴を遠巻きにながめていました。

ぞうくんは、長靴を取ろうとしました。でも、みんなとても淋しそうな顔をしています。

「大事な、大事な靴だけど、いいよ、みんなで使いなよ」

「ワーッ！」と、みんなの大歓声。

ぞうくんも、みんなと一緒に水遊びをします。

長い鼻に、水をいっぱい吸い込んで、空に向かって、「プーッ！」と吹くと、空いっぱいに、大きな大きな虹がかかりました。

おわり

正明《まさあき》くんちのツバメの巣

さわやかな風が吹き抜ける五月のある晴れた日の昼下がり。

玄関を飛び出した正明くんの頭の上をかすめるように、一羽のツバメが「スーッ」と飛びました。

思わず正明くんは、かぶっていた麦わら帽子に手をやりながら振り向いて見上げました。

見ると、玄関の軒先にいつの間にか、きれいな曲線を描いた半円錐《えんすい》の巣ができていました。

その巣に、さっき飛び立っていったツバメが小枝をくわえて戻ってきて、それを上手につけていきます。

正明くんは、家にいるお父さんとお母さん、お姉さんを呼びました。

「お父さん、お母さん、お姉ちゃん、ツバメが来たよ、巣を作っているよ！」

その声にみんなが集まりました。

「ああ、今年もまたやって来たんだね」

なつかしそうにお父さんが言いました。

「今年も元気な雛が生まれるといいね」

お母さんが言いました。

しばらくの間、みんなで眺めていましたがふと、正明くんが言いました。

「ツバメって自分で巣作りをするから大工さんかなあ?」

「そうねえ、木の枝で組んでいるものね」とお母さんが言いました。

すると、お姉さんが、「でも、梁《はり》に土を混ぜて塗り付けているのだから、左官屋さんじゃないの」と言いました。

「そうだよ、ツバメはわらや土を口にくわえて口の中で粘土状にして上手に巣の形を作っているんだよ」とお父さんが言いました。

「ふうん」

と、正明くんは思いながら、

「でも、糊のようなもので貼り付けてきれいにしているんだから、クロス屋さんかもしれないね?」と言いました。

みんなが、そんな話をしているとき、もう一羽のツバメが飛んできました。

「あっ! ツバメが二羽になったよ」

「このツバメは夫婦なのよ、これからこの巣の中で子どもを産んで育てるの。そのためにせっせと寝床をこしらえているのよ」

「もしかしたら、ベッドをこしらえているのかな? それなら建具屋さんだね」

お母さんと、正明くんのそんな話を聞いていたお父さんが、

「そうだね、ツバメは何屋さんだろうね」

と言いました。

すると、巣を見上げながら、お姉さんが言いました。

「でもね、この巣を雨や風から守ってくれるこの大きな屋根を作ったのは屋根屋さんよ」

その時、正明くんは大きな瞳を輝かせて言いました。

「お父さんの仕事ってすばらしいね！」

正明くんのお父さんの仕事は、屋根屋さんでした。

おわり

男体山《なんたいさん》のお話

日光の自然は、戦場ヶ原とそこを蛇行して流れる小川がいくつもの滝を作ります。

そして、その流れの源に山間の水を集めて静かにたたずむ中禅寺湖があります。

その中禅寺湖の湖面に端正な姿を映す山、男体山《なんたいさん》があります。

これは、その男体山のお話です。


男体山は、その端正な姿にもかかわらず、もうだいぶ歳を取っていました。

名前からして男ですから、おじいさんですね。

若い頃は、豪傑無比だった男体山も、歳とともに体も弱くなり、最近では耳も遠くなってしまいました。

毎朝、中禅寺湖で顔を洗い、杉並木の大杉で歯を磨き、華厳の滝でうがいをして、戦場ヶ原をジョギングするのを日課としていたものの、最近ではジョギングにも出なくなり、好きなプロ野球の試合をテレビで見るのを唯一の楽しみにしている毎日でした。


十月、戦場ヶ原に霜が降りるとき、奥日光は、早い晩秋を迎えます。

北風が木々の梢を揺さぶり、枯れ葉を散らせます。

その頃、おじいさんは体をこわし、とうとう床に臥せてしまいました。

幼友達の、赤城山や、妙義山も心配をして見舞いに来てくれます。

おじいさんはとても喜びましたが、でも病気はなかなか良くなりませんでした。

息子の太郎山と、そのお嫁さんの真名子山も毎日一生懸命看病いたしました。

ある日の夜、息子夫婦は夕食を終えた後で、こたつに入りながら大好きなプロ野球の試合をテレビで観戦しておりました。

時折、隣で寝ているおじいさんの様子を襖を開けてはのぞいてみます。

おじいさんはぐっすりと眠っております。

今夜の試合は「巨人—広島」です。

白熱した試合展開は、前半の投手戦が後半になって激しい打ち合いになり、接戦の末、巨人軍が「四対三」で辛くも勝ちました。

試合が終わると、お嫁さんは立ち上がってそっと隣の部屋を見にいきました。

すると、ちょうどおじいさんが目を覚ましたところです。

お嫁さんは、おじいさんの大好きな巨人軍が勝ったのを教えてあげようと、おじいさんのそばに行って、

「お父さま、今夜の野球の試合、巨人軍が勝ったのよ」と、そっと言いました。

耳の遠いおじいさんは、よく聞こえません。

「えっ、なんだって？」と、手を耳に当てて聞き返しました。

お嫁さんは、少し大きな声で、

「今夜の試合はね、四対三で巨人軍が勝ったんですよ」と言いました。

それでも、おじいさんはよくわかりません。

また聞き返しました。

「えっ、なんだって？」

お嫁さんは、もっと大きな声で、

「今夜の野球の試合はね！　四対三で巨人軍が勝ったんですよ」

すると、おじいさんは言いました。

「なんたいさんだって！」

「男体山」の、お話でした。

おわり

恋心

正太君は、とてもまじめな働き者です。

おんぼろトラックに道具を積んで毎日毎日現場から現場へと仕事に頑張っています。

そんな彼にも、やがて恋人ができました。

ポッチャリした、可愛い女の子です。

二人は、たまの休みに連れ立って、映画を観たりお茶を飲んだりしました。

でも、純情な正太君は彼女に胸の内を告白することができません。

彼女も、デートを重ねるうちに、彼のことが好きになりましたが、彼女の口からはとても言えませんでした。いつか、彼が愛の告白をしてくれることをじっと待っていました。

ある晴れた日の日曜日。

正太君と彼女は、久しぶりにドライブに出かけました。

東名高速道路を走って、御殿場《ごてんば》インターチェンジで降りると箱根に向かいます。

「彫刻の森美術館」に行き、それから大涌谷《おおわくだに》に車を走らせました。

駐車場に車を止めて階段を上がっていくと、所々に温泉が湧き出て湯煙りを上げながら流れていました。

山の中腹には小屋があり、温泉のお湯でゆで卵を作って売っています。

このゆで卵は黒く、中の黄身までしっかりと茹でてありました。

彼女と二人で食べようと、正太君はそこで温泉卵を一袋買いました。

そして、彼女と近くのベンチに座ると、今買ってきたゆで卵を取り出しました。

袋の中には、黒いゆで卵が五個入っていました。二人で二個ずつ食べたら一個残りました。

「僕が殻を剥《む》いてあげるから、二人で食べようよ」

正太君は、そう言って最後の卵の殻を剥きました。

中から白身に包まれたやわらかい卵が現れました。

でもゆで卵は真ん中から二つに割れません。

正太君は周りを包んでいる白身を割ると中の黄身と二つにしました。そして、その二つを両手に持つと彼女の前に差し出し、

「あのね、僕は……きみが好き」と小さな声で言いました。

おわり

あとがき

私は、この本を大切にします。
たとえ誰一人、この本を手に取る人がいないとしても
この本は、私の手元で、私の生きる糧になるでしょう。
そして、生きた証に、瞬時の興奮は、時とともに潰え去ります。
人生の中で、悲しみ、喜び、怒り、楽しんだことの、果たして人はいくつの事柄を終生記憶
しているでしょう。
悲しみは時が流し、喜びは、その時を頂点に生活の中から記憶の片隅に追いやられていくで
しょう。
振り返る過去の少ない人生はどうなんでしょう。
思い出が宝だとしたら、これからの生きる糧になるとしたら、
私は、この本を大切にします。

著者プロフィール

登坂 正平（とさか しょうへい）

1950年３月29日生まれ。
新潟県出身。
左官技能士1級（国家資格）。
職業訓練指導員（左官・タイル科）免許。
1971年　懸賞論文「あすの新潟県をデザインする（ゆとりのある生活設計）」新潟日報社　佳作
1984年　千葉県発明考案展「写真機固定金具」　日刊工業新聞社賞
1985年　千葉県発明考案展「筆記補助具」　奨励賞
2006年　『フーコー「短編小説」傑作選20　楽園の薫香』（新風舎）に作品掲載
2007年　『フーコー「短編小説」傑作選24　彼の時代』（新風舎）に作品掲載
2007年　『フーコー「短編小説」傑作選26　彼の時代』（新風舎）に作品掲載
2011年　『おはなし万華鏡』（文芸社）

登坂正平　詩と童話の世界　ねえ、お母さん

2019年10月15日　初版第１刷発行

著　者　登坂 正平
発行者　瓜谷 綱延
発行所　株式会社文芸社
〒160-0022　東京都新宿区新宿１－10－１
電話　03-5369-3060（代表）
03-5369-2299（販売）

印刷所　株式会社暁印刷

ISBN978-4-286-20998-2